불

불 불 불이 나면 사람은 죽지

사람 한 명 죽지

불은 사람을 해하네

하지만 불이 없으면 사람이 살수 없네

우리모두 안전하게 불을 사용하자

존중

인공지능, AI 이 둘 중 가장 어울리는 건 무엇일까?

한국어는 인공지능, 영어는 AI.

그중 맞고 틀린 것은 없다.

사람들의 생각도 맞고 틀린 것은 없다.

모두의 생각은 다르다.

생각을 비판하지 말자.

사람을 존중하자.

인공지능

인공지능 인공지능에서 우리가 얻을 행복은 무엇일까?

그건 편리함 일 것이다.

그럼 재앙은?

반란 일 것이다.

이 기술 중에 가질 수 없는 것은 무엇일까?

사람, 우정일 것이다.

우리는 이 인공지능을 어떻게 써야 할까?

편리함에 눈이 멀지 말자!! 일 것이다.

외래어

스마트폰, 롤러코스터, 바이킹 이런 단어들의 공통점은 무엇일까?

외래어이다.

순 우리말을 제치고 더 유명하고 많은 사람이 아는 외래어. 우리는 이 외래어를 잘 적절히 써야한다.

안 그러면 한국어가 사라질 지도 모른다.

한국어를 존중하자.

우주착각

우주 우주 이 넓은 우주에는 무엇이 있을까?

외계인이 있을까?

은하가 있을까?

우주에 우리만 있다고 생각하는 것은

우리의 우주착각이다.

손 소독제

손 소독제 손 소독제 우리는 이것으로 손을 깨끗하게
하네.

하지만 이런 손소독제를 너무 많이 쓰면 손이 아프네

물도 오염되고 지구도 아프네.

그러니 적당하게 사용하자

귤

귤 귤 귤은 달고 맛있네

입안을 톡 쏘는 맛있는 귤

귤 중에는 한라봉이 제일 맛있네.

그러므로 한라봉을 먹자.

집 화단에 길러서.

앱 만들기

앱 앱 앱을 만들 때면 문뜩 생각나는 생각

바로 "아 힘든데...그냥 만들지 말까?"

하지만 그런 생각은 무엇이든 할 수 없네

그러니 그런 생각 말자.

시를 쓸 때도 그런 생각 말자

아침밥

아침 아침 아침에 일어나면 매일 먹는 아침밥

이런 아침밥을 먹으면 학교에 가야한다.

하지만 아침밥을 먹지 않으면 몸이 나빠진다.

그러므로 아침밥을 꼭 챙겨 먹자.

염색

염색 염색 염색을 하면 머리카락 색깔이 바뀌네

하지만 머리카락에서는 전쟁이 나네.

그래서 머리카락 세포는 이렇게 말하네.

"제발 염색을 하지마. 우린 죽어가."

그 세포의 소리를 듣고 염색을 자제하면 어떨까.

시간

째깍 째깍 시계의 소리 째깍 째깍

하지만 도시의 산업발달로 그 소리는 들을 수 없네

모두 무음이네.

정말 세월이 지나면 추억도 사라지네.

돌

돌 돌 돌은 우리가 땅에서 흔히 접할 수 있네.

하지만 요즘에는 높은 건물을 세워 돌을 보기 어렵네.

보고싶은 돌

우리는 말해보네 "돌아 어디 있니 ?"

신조어

신조어 신조어 신조어는 한국어를 빼앗네.

신조어 때문에 한국어가 사라지네.

우리가 한국어를 지키려면 어떻게 해야 할까?

신조어를 쓰지 말자.

외계인의 신호

외계인은 우리에게 신호를 보내네

계속해서 신호를 보내는데 왜 받질 못할까

그 이유는 우리의 과학기술이 부족하기 때문이네

많은 과학자가 열심히 연구해서 외계인을 만나면 좋겠네.

하루빨리 그날이 오면 좋겠네.

뱀

뱀 뱀 뱀은 우리에게 나쁜 일만 있는 줄 아네

하지만 요즘에는 뱀을 키우네

정말 귀여운 뱀

심장이 다 콩닥거리네

당신도 뱀의 매력에 빠져보는 것을 권유하네.

이세계는 가상현실

우리는 가상현실에서 살고 있는 것을 모르네

하지만 우리는 가상현실에서 살 확률이 높네

당신은 이세계가 가상현실일 지 아닐지 어떻게 생각하는지?

이 세계가 가상현실이라면 분명 자신의 생각처럼 움직일 수 있을 것이네.

선풍기

선풍기 선풍기 선풍기는 사람을 시원하게 해주네.

그 시원함에 사람은 빠져드네.

너무나 시원한 나머지 바로 앞까지 다가가네.

하지만 코가 다치지 않게 조심하자.

우주선

우주선 우주선 우주선은 사람 또는 인공위성을 바깥으로 내보내는 역할을 하네.

하지만 그 위험성은 말보다 위험하네

우주비행사가 될 거라면 목숨의 각오는 되어있어야 하네

그렇지만 그 용기 덕분에 사람은 우주개발에 큰 도움이 되네.

토의

토의 토의 토의를 하면 사람들이 의견을 주고받네

이렇게 저렇게 의견을 말해서 가장 좋은 의견을 뽑네

하지만 다른 상대의 의견을 비판하면 안되네

비판하면 당하는 사람이 마음 프기 때문이네

우리 모두 규칙을 지키면서 토의를 하자.

핸드폰

핸드폰 핸드폰 예전에는 핸드폰이 폴더폰 이었네.

하지만 요즘에는 폴더폰이 아닌 핸드폰이네.

영어로handphone. 이것도 영어네.

그러면 핸드폰도 외레어네.

그러면 핸드폰이 아니라 손 첨단기계라고 해야 겠네.

4차원으로 간 블랙홀의 복수

(떨어지는 운석에서 이어짐)

블랙홀 블랙홀 블랙홀은 4차원으로 간 후 복수를 꿈꾸네.

사실 블랙홀은 아주 강한 중력을 뿜어내서 4차원에서

나갈 수 있네.

그래서 블랙홀은 결국 다시 지구근처로 왔네.

하지만 지구인은 아주 많은 돌을 블랙홀에 넣어서 블랙홀을 파괴하네.

결국 블랙홀은 사라졌네.

버나

버나 버나 버나를 잘 모르는 사람들이 있네

버나는 이것이네→

버나는 뾰족한 나무위에

동그란 판을 올리고 돌려서 주고받는 놀이이네.

우리모두 재미있게 버나를 돌려보자.

마리모

마리모 마리모 마리모를 키우면 행운이 찾아온다는 소문이 있네.

바로 마리모가 물에 떴을 때 이네.

우리 모두 마리모에게 행복을 빌어보자.

좋은 일이 일어 날 수도 있으니

그림그리기

그림 그림 그림을 그리자

그림에는 정답이 없으니

자신이 원하는 대로 그리면 되네

절대로 답이 없으니 누가 비판해도 자신의 그림을 그리면 되네.

아무리 똥손이어도 자신이 만족하면

그건 최고의 그림이니

등교

등교 등교 등교할 때면 너무 신나네

친구들을 만날 생각에 너무 기쁘네

물론 자신이 싫어하는 과목이 나오면 싫지만

등교는 너무 신나네

그러니 등교가 싫은 사람도 기쁜 마음으로 등교하면 어떨까?

화산

화산 화산 화산은 많은 사람의 목숨을 빼앗아 가네.

하지만 화산으로 많은 관광단지가 생겨나네

그러니 화산이 무조건 나쁘지는 않네

우리도 편견을 깨자

마스크

감염병 때문에 마스크가 일상이 되어버린 지금

마스크 때문에 바다가 더러워진다.

하루빨리 감염병이 사라지면 좋겠네

그러면 우리의 일상도 회복되고 바다도 깨끗해질 테니...

파마

파마 파마 파마를 하면 머리가 곱슬거리네

또 머리가 엉킨 기분이 나네

하지만 파마를 안 한 머리도 은근 괜찮네

그러므로 파마를 안 해 보는 것도 좋네

새로운 경험이니...

물

물 물 물은 우리 생활에 꼭 필요하네

물로 설거지를 하고, 물로 생명을 유지하네

그렇기에 물은 우리 생활에 중요하네

하지만 물 때문에 사망사고도 있으니

물을 조심히 사용하자

MSG

MSG MSG MSG는 음식을 더 감칠맛 있게 하네

하지만 MSG는 많이 먹으면 몸에 안 좋네

그렇기에 천연조미료를 사용하자

일반 MSG보다 건강하고 맛있으니~~

농구

농구는 키성장에 좋네

하지만 농구를 하면 종종 다치는 일이 발생하네

그러면 우리는 농구를 할 때 어떻게 해야 할까?

바로 안전수칙을 지키면서 해야 하네

그러면 정말 재미있는 농구게임일 거네

겨울

눈이 내리는 시원하고 행복한 계절

겨울이면 눈사람을 만들고, 눈싸움 그리고

썰매를 탄다.

그렇게 놀다 보면 너무 재미있어서 시간 가는 줄 모른다.

만약 겨울에 밖에 나가서 놀지 않는다면 이번 겨울에는 노는 것을 추천한다.

여행

신나는 여행

여행을 하면 기차를 타고, 차를 타고, 버스를 타서 여행
지역으로 간다.

여행을 하면 정말 재미있다.

그래서 여행을 마치고 오는 길은 너무 아쉽다.

그럴 때면 다음에 또 올 수 있을거라는 믿음을 가진다.

만두

한입 먹으면 채소 고기와의 궁합이 잘 어울리는 만두

그런 만두를 먹으면 아삭아삭하면서 질감이 좋다.

당신도 만두의 매력에 빠져보면 어떨까 라는 생각을 가
진다.

만두는 정말 맛있으니

테이프

테이프 테이프 테이프는 무언가를 고정하거나 붙일 때 쓴다.

하지만 끈끈이가 손에 덕지덕지 붙는다.

그래서 우리는 테이프 대신 풀을 많이 사용한다.

풀이 더 좋으니까

풀

풀 풀 풀은 무언가를 붙일 때 쓰네.

하지만 테이프와 달리 접착력이 많아 더 잘 붙네

하지만 단점은 꼭 하고 나면 손에 붙어서

손이 붙은 채로 딱풀을 손에 묻히면

손이 안 떼어지는 단점이 있다.

손톱

손톱 손톱 손톱은 쓸모없지 않다.

손톱 덕분에 우리가 물건을 잡을 수 있고,

무언가를 누를 수 있는 것이다

다음에 손톱을 깎을 때는 손톱을 깎고 절을 하면 어떨
까?

우리를 잡고 누를 수 있게 해주었으니.

상장

상장 상장 상장을 받으면 기분이 너무나 좋네

마치 하늘을 날아갈 것 같네

하지만 그런 상장도 매일 받으면 무덤덤 해지네

하지만 상 받고 무덤덤 해질 거면

그냥 안 받는 게 낫네

집

집 집 집은 우리의 생활에 있어서 중요한 곳이네

우리는 집이란 공간에서 밥을 먹고, 놀 수도 있고,

잘 수도 있네

하지만 집은 치명적인 단점이 있네

그건 바로 전기료를 안내면 전기가 막히는 것이네

드르륵

드르륵 드르륵 학교에서 많은 학생들이 하는 드르륵

드르륵은 은근 어렵다.

드르륵을 하다가 소름 끼치는 소리가 나서 절교 당하는
아이들도 있다.

하지만 나는 잘한다고 생각한다

10개중에 1개는 성공 하니까...

자석

자석 자석 자석의 쓸모는 뭘까?

1.학교에서 제출물 내고 자석붙임

2.집에서 장식용

이런 등등의 쓸모가 있다.

우리도 자석을 사다가 냉장고에 붙이자

하지만 우리집은 이미 냉장고가 자석천지이다.

학원

학교가 끝나면 다음으로 가는 곳은 어디일까?

그곳은 바로 학원이다.

아이들은 학교 다음 학원 다음이 집이다.

하지만 학원 중에는 재미있는 학원도 많다.

나는 수학학원이 좋고, 농구학원이 좋다.

일기

일기 일기 일기를 쓸 때면 이런 생각이 늘 든다.

"나 일기로 뭐 쓰지?"

하지만 일기를 쓰면 오늘 내가 뭐했는지 알 수 있어서

유익하다.

그러므로 일기를 쓰자.

동굴

동굴 동굴 동굴은 시원하다.

그리고 종유석과 석순을 보면 너무 아름답다.

그런 굴에서 나오면 또 들어가고 싶고, 너무 덥다.

그러므로 우리 모두 동굴에 있을 때..그때를 만끽하자.

정말 시원할 테니...

나가면 쪄 죽을 테니...

우리반 야구 시합

우리반에서는 야구를 연습해 우리반끼리 게임을 하네

1일에는 1패를 당했다. 정말 슬펐다.

2일에는 1무였다. 무승부인데 기분이 좋았다.

3일에는 1패를 당했다. 너무 슬펐다.

4일에는 1패를 당했다. 다리가 풀렸다.

5일에는 1패를 당했다. 울었다.

결국에는 4패1무로 한번도 이기지 못하네

다음에 복수할 것이네

오타

오타 오타 오타를 치게 되면 너무 짜증난다.

그래서 오타를 치지 않도록 유의하지만 아직도 오타를 한다.

이 책을 쓸 때도 100번은 오타를 당했다.

그러므로 오타를 치지 않도록 유의하자.

뉴스

뉴스 뉴스 뉴스는 세상일정을 알려주네

하지만 어린 아이들은 뉴스를 싫어하네

하지만 뉴스는 세상일정을 알려주네

그러므로 싫어도 꾹 참고 뉴스를 봐야 하네

기계

기계 기계 기계를 쓰면 세상이 편리해 지네

하지만 그 편리함에 앞에서도 말했듯 또다시 눈이 멀면 안되네

그러므로 기계를 적당히만 쓰자.

휘발유

휘발유 휘발유 휘발유는 자동차를 움직이게 해주네

하지만 휘발유를 사람이 먹으면 안되네

휘발유를 먹으면 속이 타기 때문이네

그러므로 휘발유는 차에게 양보해야 하네

시

시 시 시를 쓸 때면 정말 힘들 때도 있었지만 이렇게
다 써서 기분이 좋네

다음에도 더 좋은 책을 쓰기위해 노력할 것이네

우주착각

발 행 | 2022년 7월 12일

저 자 | 조연호

펴낸이 | 한건희

펴낸곳 | 주식회사 부크크

출판사등록 | 2014.07.15.(제2014-16호)

주 소 | 서울특별시 금천구 가산디지털1로 119 SK트윈타워 A동 305호

전 화 | 1670-8316

이메일 | info@bookk.co.kr

ISBN | 979-11-372-8892-8